AF313835

Imitated from the English.

LES FOLIES

DE

MADAME LUTÈCE

Paris ressemb'e à une maison de
fous habitée par des singes.
(*Lettre du général* BURNSIDE.

PARIS

E. DENTU, LIBRAIRE-ÉDITEUR

Palais-Royal, 17 et 19, galerie d'Orléans

—

1871

LES FOLIES

DE

MADAME LUTÈCE

I

La pension de madame Lutèce était, sans contredit, dans ces derniers temps, la plus belle et la plus riche du monde. Elle jouissait d'une excellente réputation et les élèves internes et externes y venaient de toutes parts.

Les étrangers surtout y affluaient. On n'entendait que des noms en *ski* en *ka*, en *off* et en *i*; Allemands, Italiens, Polonais, Russes, Anglais et Américains, il y avait des écoliers de tous les pays. Cette confusion bizarre d'idées, de mœurs et de langage différents, fit de cette pension cosmopolite une vraie tour de Babel.

Ce n'était pas précisément la fine fleur des collégiens que les familles étrangères nous envoyaient. Et madame Lutèce se repentit plus tard d'avoir accueilli trop facilement et d'avoir admis, sans consulter leurs dossiers, ces jeunes gens venus de je ne sais où; car ces étrangers qu'elle avait si bien choyés, entretenus et instruits, lui cherchèrent un jour querelle, voulurent être les maîtres de la maison et firent la loi chez elle.

Cependant, parmi ce peuple d'écoliers, il y avait de rudes et ingénieux travailleurs; et, au grand concours de 1867, la pension avait remporté je ne sais combien de prix d'honneur, de premiers prix et d'accessits.

Fière à juste titre de tant de succès, madame Lutèce n'avait plus rien à craindre des envieux. Son universelle célébrité la mettait au-dessus de toute concurrence; l'avenir, gros de promesses, lui souriait. Sa fortune était faite, et riche par millions, elle voulait, comme les parvenus, jouir des douceurs de l'existence.

Elle avait confié la direction entière de son établissement à un de ses plus grands élèves, nommé Louis; il avait si bien su gagner sa confiance qu'elle le fit son grand moniteur. Aussi, pendant que Louis gérait toutes ses affaires à son gré et sans contrôle, ce qui fut un tort, madame Lutèce se livra sans pudeur à tous les excès du luxe et du plaisir.

Elle se mit à porter des toilettes somptueuses, mais excentriques, qui lui donnaient l'air d'une cocotte du grand monde ; —

ce qui explique comment aujourd'hui les femmes honnêtes ressemblent si bien à celles qui ne le sont pas.—Cependant la manière un peu leste dont elle retroussait depuis quelque temps ses robes inspirait des doutes sur sa conduite, et les plus grands de la pension racontaient sur son compte des histoires scandaleuses que les plus petits ne pouvaient entendre sans rougir.

On l'avait vue, en effet, passer des salons aux estaminets, jouer et boire à en perdre la raison; le dimanche surtout, elle s'en donnait à cœur-joie, et pour mettre fin au bruit étourdissant de ses orgies échevelées, il fallut plus d'une fois recourir à un poste de sergents de ville, plus nombreux ce jour-là, à cause de ces fredaines tumultueuses. La vue des agents redoublait sa fureur, et elle en voulut toute sa vie à ces malheureux qui, en somme, n'avaient fait que leur devoir en la mettant à la raison.

A cette déplorable passion du boire et du manger, madame Lutèce en ajoutait une autre non moins désastreuse, celle de la politique. C'était le temps où l'utopie et l'idéologie florissaient à vue d'œil et étalaient en plein soleil leurs rêves creux et leurs théories chimériques. Jusque-là ce n'était que la théorie et le rêve, la réalité vint plus tard effrayante et terrible. On ne voyait que journalistes et avocats. Madame Lutèce faisait une consommation de cent mille journaux par jour; nourriture malsaine et indigeste, car la plupart de ces écrits faits à la hâte ne passaient pas au contrôle du bon sens et de la raison; ils ne visaient qu'au succès : ils y arrivaient par le paradoxe, le mensonge et le scandale.

En outre, madame Lutèce ouvrit des cours où, tous les soirs, des énergumènes venaient débiter les théories les plus drôlatiques et les plus subversives. On ne parlait que socia-

lisme, communisme, républiques univer-
selles, autoritaires ou fédératives. Il y eut
des professeurs de club comme plus tard
des professeurs de barricades; et tous, depuis le petit primaire qui écorchait la langue
à chaque mot, jusqu'au rhétoricien qui se
croyait très-fort, parce qu'il parlait de Platon
que personne ne comprenait, tous nos clu-
bistes voulaient passer pour des hommes
politiques de premier ordre. Celui qui criait
le plus ou qui parlait plus longtemps avait
le plus d'admirateurs; c'était une maladie
du verbiage et de la phrase.

« Ils n'en mouraient pas tous, mais tous
[étaient frappés. »

A la fin de chaque séance, les cerveaux
s'échauffaient, on parlait à tort et à travers
sur l'administration de Louis, c'était de bon
goût et en même temps la règle infaillible
pour arriver à la popularité; mais, comme

toujours, ces discussions se terminaient en querelles, il fallut maintes fois appeler les gendarmes pour disperser ce peuple d'écoliers si raisonneurs et si peu raisonnables; et voilà pourquoi les gendarmes comme les sergents. de ville furent condamnés à une réprobation éternelle.

Malgré tous ses travers et ses nombreux écarts, madame Lutèce n'en était pas moins une charmante et ravissante personne. Le ciel lui avait donné le don de plaire et de séduire. Elle avait une figure expressive, une tête admirablement belle, mais un peu fêlée, disait-on, à cause même de ses excès. Le reste du corps était sain, vigoureux et bien fait, à l'exception du ventre qui prenait depuis peu une certaine rotondité. Les uns disaient que c'était une obésité naturelle aux personnes qui font trop bonne chère, et madame Lutèce mangeait beaucoup, mais les fines commères, qui s'y entendaient (il   en avait bon nombre), disaient que madame Lutèce était simplement en grossesse. Grosse de qui, mon Dieu, et grosse de quoi? C'est ce que l'avenir nous apprendra.

Cependant, il faut en convenir, cette beauté ne pouvait être comparée qu'à un sépulcre blanchi, et encore ce sépulcre avait-il au côté droit une brèche plus appréciable que celle du mont Valérien.

Madame Lutèce venait, en effet, de faire une lourde chute , en voulant défendre Louis dans sa rixe contre Wilhelm, moniteur d'une pension voisine. En tombant, la belle dame avait brisé son bras droit qu'elle portait en écharpe; l'os était fortement endommagé, et les docteurs d'Outre-Rhin, appelés en consultation, jugeaient l'amputation nécessaire.

Voici ce qui était arrivé :

II

Madame Augusta avait dans les environs une pension qui était autrement tenue que celle de madame Lutèce. Elle produisait des savants et des érudits illustres qui passaient pour des puits de science. Les études psychologiques y étaient surtout très-cultivées. Mais, malgré sa supériorité, madame Augusta n'avait pas ce je ne sais quoi de charmant qui donnait tant de prestige à sa rivale. Wilhelm, moniteur à poigne de madame Augusta, faisait respecter de tout point les règlements de la maison. Chez lui, le principe d'autorité, mis au-dessus de toute discussion, reposait sur des bases solides. Les élèves, soumis et dociles, obéissaient au joug puissant d'une discipline sévère. C'était là sa force. Là, le maître avait un pouvoir absolu : pour se faire obéir et respecter, il avait la science et au besoin le knout. Chez madame Lutèce, c'était bien différent. Des germes d'une désorganisation complète couvaient sous les apparences d'un ordre purement relatif. Ici, le maître n'était rien qu'un subalterne salarié, et malheur à lui, s'il avait osé toucher au plus petit écolier ; pour la moindre chiquenaude, les familles auraient poussé les hauts cris; il aurait été pendu haut et court.

Les deux systèmes d'éducation étaient, comme on le voit, tout à fait opposés. Les deux moniteurs, Louis et Wilhelm, qui représentaient ces deux principes contraires, avaient l'air de vivre en bonne intelligence ; mais au fond ils se détestaient cordialement. Ils n'attendaient qu'une occasion pour en venir aux mains, et l'occasion ne tarda pas à se présenter.

A l'angle droit du jardin de Louis, il y avait, comme l'a fort bien raconté un spirituel élève du cours d'anglais, une plate bande qui s'avançait vers la cour de Wilhelm. Cette plate-bande était l'objet de sa convoitise. Toutes les fois que Wilhelm passait par là, il ne manquait pas de la caresser d'un regard d'envie et de commenter à sa façon le vers d'Horace :

« O si angulus ille
Proximus accedat qui nunc denormat agel
[lum ! »

Qu'il traduisait ainsi : Comme ce petit coin ferait bien mon affaire ! et si jamais j'ai l'occasion de rompre avec ce bon Louis, je sais bien dans quel jardin je jetterai mes pierres.

— Qu'à cela ne tienne, maître Wilhelm, dit un jour un élève de philosophie très-fort et très-rusé, qui jouait auprès de son moniteur le rôle de Méphisto. J'ai votre affaire. Il s'agissait de mettre en apparence le bon droit de notre côté ; c'est fait ; et voici que, pour quelques niches que j'ai faites à dessein à notre voisin Louis, il vient, dans un moment de mauvaise humeur, nous déclarer la guerre. Toute la pension de madame Lutèce crie bravo, et se lève contre nous. Tenez, vous pouvez entendre d'ici tous ces pensionnaires crier à tue-tête : A bas Wilhelm ! à bas Wilhelm !

— C'est très-bien, dit celui-ci, qui ne demandait pas mieux.

En vain un écolier bien sensé et bien avisé voulut-il empêcher cette lutte, qui ne pouvait être que désastreuse. Mais que peut le bon sens dans une réunion de fous ? Les clameurs du public étouffèrent la voix de ce bon conseiller qu'on appelait prophète de malheur. Plus tard on revint à lui, et il sauva madame Lutèce d'un grand danger.

Louis, poussé par l'opinion, ne pouvait pas

reculer. Il s'avança à la hâte et un peu trop légèrement vers la porte du jardin en question.

Confiant en lui-même et fort de quelques tours heureux qu'un Arabe lui avait appris et qui avaient parfaitement réussi dans ses rencontres précédentes avec Nicolas et Joseph, deux autres moniteurs, il attendit, sans précaution aucune, son adversaire, qui feignait d'avancer timidement. C'est ainsi que Louis prenait son café et fumait tranquillement sa cigarette, quand Wilhelm, qui l'épiait du coin de l'œil, s'élança d'un bond sur lui, le renversa par trois fois et le força à demander grâce.

C'était bien fait ; car, en ce cas, une pareille négligence de la part de Louis était impardonnable. Madame Lutèce avait absolument défendu de fumer. Mais depuis quelque temps chez elle tout se relâchait ; Louis lui-même laissait aller la bride, et les règlements n'étaient faits que pour être violés.

Dès qu'elle eut vent de cette triste nouvelle, madame Lutèce bondit de colère. Dans un moment de rage, elle s'empara des effets de Louis, fouilla dans son armoire, brisa son pupitre, et déchira ses livres et ses cahiers, qu'elle jeta par les croisées. Toute la pension s'en mêla. Il n'y eut pas jusqu'au plus petit gamin de huitième qui ne criât : « Haro ! » sur ce malheureux moniteur ; et l'infortuné Louis, qu'on avait tant acclamé la veille, honni et conspué de tous, fut jeté à la porte juste au moment où, après vingt ans d'études, il allait recevoir un diplôme spécial de bachelier, qui est, comme on le sait, le couronnement de l'édifice classique.

III

Sur ces entrefaites, les prédictions des

fines commères se réalisèrent. Madame Lutèce tomba en mal d'enfant; elle accoucha d'une petite fille bleue qui paraissait vivre à peine.

Qui était le père ? On n'a jamais pu le savoir. Les relations de madame Lutèce étaient si variées et ses escapades si nombreuses que les plus perspicaces n'ont jamais pu découvrir le coupable. On sait que la dame allait souvent à Belleville, et on soupçonnait fortement un jeune homme qui faisait beaucoup de tapage dans ce quartier. Mais ce ne sont que des soupçons; et comme en France la recherche de la paternité est interdite, nous ne pousserons pas plus loin les investigations.

C'était le 4 septembre, jour de liesse et de largesse pour la pension. On porta le poupon en grande pompe jusqu'à l'Hôtel de Ville. Comme tous les grands-parents n'étaient pas présents, l'enfant ne fut pas reconnu. Force fut à madame Lutèce de le garder pour son compte; elle lui donna le nom de *République modérée,* et se chargea de son éducation.

La classe de rhétorique était très-nombreuse cette année et promettait beaucoup. Les vétérans, par un singulier hasard, s'appelaient presque tous ou Jules ou Henri. Dans tous leurs discours, ils faisaient une vive opposition au gouvernement de Louis qu'ils attaquaient sans cesse et qu'ils cherchaient à remplacer. L'occasion était belle. Ils prononcèrent sa déchéance sans le consentement unanime de toute la pension (l'externat n'avait pas été prévenu), et, vu l'urgence, ils se mirent à sa place.

Ils vinrent trouver madame Lutèce, qui frémissait encore d'indignation en songeant au tort que Louis lui avait porté et ils lui tinrent à peu près ce langage :

« Madame, veuillez vous calmer, le mal

est grand, sans doute, mais il **n'est** pas sans remède. Nous jurons de défendre vos droits et de venger l'honneur de votre maison. Comptez sur nous, car nous avons une recette infaillible pour faire triompher votre cause. Proclamez la République; électrisés par ce mot seul, nous vaincrons. Wilhelm ne jouira pas longtemps de sa victoire, et, quelles que soient ses prétentions, il n'aura ni une pierre du jardin ni un pouce de terre !» — Pas même un sou ! s'écria un primaire qui s'était glissé parmi les rhétoriciens.

— Je m'en rapporte à vous, mes enfants, répondit la dame qui se laissa prendre à ces belles promesses. Elle prit le poupon dans ses bras, le leva en l'air, et nous quitta en fredonnant la chanson de Théréza : *C'est pour l'enfant !*

Et tout le monde cria : Vive la République !

Insensés ! dans un moment d'effervescence

et d'enthousiasme, nous courions joyeux à l'abîme et nous ne le voyions pas : il est vrai que la rhétorique l'avait couvert de ses plus belles fleurs.

Alors, au lieu d'un moniteur, nous en eûmes une douzaine ; ce qui nous valut douze fois plus de discours et douze fois plus d'affiches. La rhétorique était partout. L'un des Jules, qui avait spécialement étudié l'art de l'attaque et de la défense chez les anciens, fut nommé général ; les malins l'appelaient avocat général, parce qu'il dissertait des heures entières sur un plan énigmatique dont on chercha longtemps le dernier mot. Car, en tout cela, il n'y avait que des mots.

Les autres moniteurs se mirent à l'œuvre ; ils voulurent réorganiser la pension, et commencèrent par supprimer, de fait, le travail. Plus de thèmes, plus de versions, plus de devoirs, rien que l'exercice, et toujours l'exercice à la prussienne; nous jouions au soldat; c'était charmant; on nous payait pour ne rien faire; la partie était vraiment trop belle, et jamais pension au monde n'avait procuré à ses pensionnaires une plus douce existence.

Nous fûmes habillés à neuf de pied en cap. On nous donna des capotes, des vareuses, des pantalons, des képis, des souliers, des bidons et même des casseroles, comme si nous allions faire une expédition de terre et de mer. Nous étions toujours prêts à partir, mais nous ne partions jamais. Les nécessiteux furent alors les plus heureux; on les gâtait parce qu'on les craignait; ils menaient une vie de prince; à table ils avaient les meilleures portions, et de plus madame Lutèce leur glissait tous les soirs trente sous qui servaient à leurs amusements. Ce fut là plus tard une cause de grands malheurs.

Nous étions armés et équipés comme de vrais soldats. Ce que voyant, maître Wilhelm se dirigea en toute hâte vers notre pension, en traînant à sa suite des engins formidables de destruction que nous ne connaissions pas. Il nous attaquait de loin ; tous ses coups portaient et nous ne pouvions pas l'atteindre. Force fut alors de rentrer dans la grande salle et de nous y barricader.

Ceux qui eurent peur s'enfuirent à toutes jambes par la porte de derrière et se répandirent dans la campagne où se trouvaient les externes. Wilhelm les poursuivit jusque-là et les rançonna durement. Rapace comme tous les vainqueurs, il pillait tout : les porte-monnaie et principalement les montres ; il en avait plein ses poches.

Un rhétoricien de première année s'évada au-dessus des toits pour aller ranimer le courage des externes, ménager une diversion et prendre Wilhelm entre deux feux. Mais l'externat, fatigué du joug que l'internat omnipotent lui imposait depuis longtemps, n'écouta pas les déclamations du fougueux dictateur ; et le jeune rhétoricien, peu expérimenté et peu clairvoyant d'ailleurs, ne réussit pas plus à l'extérieur que ses collègues à l'intérieur. Il y eut faute de part et d'autre. De là des querelles. On se chamailla ; les Jules d'un côté attaquaient les Jules de l'autre. Et, pour comble de malheur, les externes ou *ruraux*, comme on les appela plus tard, qui avaient à subir les plus durs traitements de Wilhelm, rejetèrent sur les internes la responsabilité de cette lutte que madame Lutèce, poussée par les rhétoriciens, avait continuée sans consulter la pension entière.

Il est certain que madame Lutèce montra le 4 septembre qu'elle était capable de toutes les folies, même de la folie de l'honneur. Vaniteuse comme toutes les jolies femmes, elle ne put supporter l'échec de Louis; piquée au vif, elle voulut prendre sa revanche; elle joua double et perdit tout.

Maintenant la division était partout; le désarroi était complet. Méphisto, qui, en sa qualité de vétéran de philosophie, était beaucoup plus fort que nos rhétoriciens, comprit vite tout le parti qu'on pouvait tirer de notre situation.

— Maître Wilhelm, dit-il tout bas à son compagnon, je crois que le moment *psychologique* est venu. Ce qui voulait dire : Il faut en finir. Wilhelm cogna plus fort que jamais contre la porte et frappa ses plus grands coups. Nous essayâmes bien de riposter et de faire quelques sorties, mais toutes les fois que nous partions en guerre, nous allions nous fourrer entre les jambes du colosse qui nous ramenait au plus vite dans nos cachettes. La trouée fut jugée impossible. Les doctrinaires avaient dit : Aucune ville assiégée ne peut se débloquer par elle-même. Partant de ce principe, le sort de notre pension était connu ; l'arrêt fatal était prononcé.

Wilhelm avait hâte d'en finir ; dans sa rage il cassait les vitres avec fracas. Nous descendîmes dans la cave. Là, tant que les provisions durèrent, la vie fut supportable. Mais un jour vint où la farine et les viandes salées nous manquèrent. On fit du pain noir, on abattit le cheval de la voiture qui portait les élèves en ville, on mangea les chiens qui gardaient la cour pendant la nuit ; les chats qui rôdaient dans la cuisine eurent le même sort ; les plus affamés firent même la guerre aux rats. Telle fut notre nourriture pendant plus d'un mois. Dans ce malheur commun, nous étions tous résignés et prêts à mourir héroïquement ; que l'enthousiasme fût réel ou factice, pas un des bons élèves n'aurait cédé.

S'il se fût trouvé alors un homme de génie, un petit caporal des temps passés, vieil oncle de Louis, moniteur bien plus fort que Wilhelm, il aurait pu ranimer nos courages en nous menant à la victoire; mais Louis avait si bien gâté les choses qu'on ne voulait plus de sauveur de cette force et qu'on aurait lapidé le Petit Caporal lui-même.

En désespoir de cause, nous tentâmes une dernière trouée qui fut plus mal pratiquée que les précédentes. Il fallut se rendre. Madame Lutèce mourait de faim.

Un moniteur avait dit qu'il ne capitulerait pas et il capitula. Un autre avait dit : Ni une pierre ni un pouce de territoire, et il donna toutes les pierres et tous les pouces que Wilhelm voulut prendre; il versa quelques pleurs sur le contrat et tout fut dit. Madame Lutèce dut passer par les fourches caudines de son vainqueur!

Satisfait et repu, Wilhelm, les poches pleines de butin, s'en retourna vers la plate-

bande qui maintenant lui appartenait. Là,
il s'assit sur un talus en ruines, et se mit à
compter l'or, l'argent et les objets qu'il nous
avait enlevés. Comme il était loin d'avoir
tout son compte, il se rapprocha de notre
pension qu'il ne quittait pas du regard, et,
un jour de révolte, il nous dit : « Mes voi-
sins, tâchez d'être tranquilles et de faire
au plus vite des économies pour payer ce
que vous me devez; sinon, vous me force-
riez à revenir, pendant les vacances, vous
donner de nouvelles leçons de psychologie
selon la méthode Krupp. Mes prix sont
assez chers, vous le savez, 5 ou 6 milliards
le cachet, sans compter les tours de bâton,
le logement et la nourriture. Ainsi, je ne
vous dis pas adieu, mais au revoir. »

— Maître, dit le prudent Méphisto, reti-
rons-nous maintenant, et laissons-les se
manger entre eux. Les mauvais garnements
de la pension *Internationale* vont continuer,

par le pillage, ce que vous avez si bien commencé par les armes. Je connais ces drôles, et quand ils seront passés par là, il ne restera pas grand'chose de notre rivale. Madame Lutèce n'existera plus.

— Que le Seigneur t'entende et qu'il confonde l'impie, dit le pieux Wilhelm. — Puis, il reprit, non sans se retourner maintes fois, le chemin de sa pension qui, fière de ses victoires, lui décerna les honneurs du triomphe et lui donna le titre de moniteur suprême.

IV

Que se passa-t-il alors chez madame Lutèce? Hélas! le souvenir odieux des ineptes et sanglantes palinodies auxquelles nous avons assisté navre le cœur de tristesse et l'abreuve d'amertume.

Madame Lutèce n'était pas au bout de
ses extravagances ; elle avait repris ses habi-
tudes de désordre, et comme il n'y a que le
premier pas qui coûte, elle affichait maintenant au grand jour sa conduite scanda-
leuse. Elle avait envoyé sa petite fille en
nourrice chez un grand-parent de province,
sous le prétexte que l'enfant avait besoin du
grand air de la campagne ; mais, en réalité,
c'était pour être plus libre et en prendre à
son aise.

Déjà le 31 octobre, elle avait montré les
symptômes d'une maladie alarmante qui
avait éveillé l'attention du public et mis en
émoi le quartier ; et le 18 mars, jour fatal,
on trouva chez elle, couché dans une mare
de sang, un petit monstre inconnu jusque-
là dans l'histoire naturelle et que madame
Lutèce appelait sa fille. Quelle horreur ! Le
nouveau-né avait les pieds et les mains en-
sanglantés ; les yeux en feu et injectés de

sang. Ce petit monstre rouge faisait peur à voir. C'était un souvenir du siége. On disait que madame Lutéce, quand nous couchions dans les caves, avait eu des relations mystérieuses avec des hommes ténébreux et sanguinaires qui se cachaient toujours dans le troisième dessous.

L'enfant, coiffé d'un bonnet phrygien et emmailloté dans des langes rouges, fut porté par les plus audacieux de la pension jusqu'aux buttes Montmartre ; et c'est dans la rue des Rosiers qu'il reçut le plus horrible des baptêmes : le baptême de sang. On lui donna les noms de *Rouge* et de *Sociale*. Le Comité fut son parrain, la Commune, sa marraine. Un artiste des Quarante, sous la présidence de Courbet, fit son portrait, qu'on plaça ensuite entre un trophée de drapeaux rouges à l'Hôtel de Ville, sous la statue équestre d'Henri IV. Le roi vert-galant semblait rire dans sa barbe de se trouver en pareille compagnie; mais le cheval n'était pas content : la litière n'était pas de son goût.

Après tant de secousses et de revers, la santé de madame Lutèce demandait beaucoup de soins et de repos. Il n'en fut pas ainsi. Egarée par les conseils les plus funestes, elle s'engagea dans une voie déplorable.

Les mauvais élèves de toutes les classes, et principalement les primaires et les écoliers du cours professionnel, voulurent avoir leur tour. L'ignorance brutale et passionnée donnait la main à une intelligente méchanceté. Cette alliance forma un parti puissant et redoutable. Ces nouveaux venus persuadèrent facilement à la pauvre dame qu'elle avait été indignement trompée, trahie et vendue; que les rhétoriciens ne valaient pas plus que Louis, qu'il fallait les chasser à leur tour. Ils lui représentèrent que les externes voulaient lui imposer un moniteur et que Louis lui-même avait des prétentions à rentrer ; ils disaient en outre que la pension pouvait bien se gérer elle-même et que tout irait pour le mieux si elle avait ses franchises comme toutes les pensions du monde.

Il y avait du vrai dans toutes ces raisons. Les rhétoriciens avaient continué la guerre pour exclure à jamais Louis ; les primaires en firent une autre plus terrible pour se débarrasser à leur tour des rhétoriciens. C'est ce qui s'appelle aller de mal en pis, et la pension allait ainsi depuis dix mois.

Madame Lutèce ne voulait plus entendre parler de moniteurs. A la seule pensée que Louis ou les rhétoriciens allaient revenir, elle entra dans une colère telle qu'elle en perdit la tête. La pauvre femme devint folle, mais folle furieuse. Sa rage ne connut plus de bornes ; elle arriva au paroxysme de la démence. Tout ce qu'on peut concevoir de grotesque et de cruel à la fois sortit de ce cerveau en délire.

On la vit, cette malheureuse insensée, coiffée d'un bonnet rouge, aller et venir, avec un drapeau rouge à la main et des pistolets à sa ceinture rouge. Le rouge devint sa manie : c'était l'emblème du sang et du feu ; et un jour elle mit tout à feu et à sang.

En 24 heures elle voulut transformer le régime du pensionnat ; elle y arriva par la force et la violence. S'il y avait un abus dans l'ancien ordre des choses, ce n'était pas une raison pour les remplacer par d'autres plus graves encore. Ses actes iniques et ses mesures arbitraires inspiraient autant de terreur que de dégoût.

Epouvantées et fatiguées de toutes ces folies, les familles honnêtes se séparèrent d'elle et la mirent à l'index. Ce qui la rendit plus furieuse. Il était urgent de lui mettre une camisole de force ; et les uns disaient qu'il fallait l'envoyer à Charenton, les autres à Cayenne.

Mais une poignée d'audacieux qui commettaient en son nom toute sorte d'infamies, veillaient nuit et jour sur elle ; armés de pied en cap, ils rendaient son abord inaccessible.

Les élèves sensés et amis de l'ordre voulurent désarmer ces écoliers dangereux. Mais ceux-ci avaient prévu le coup. Ils s'étaient emparés de tout l'armement formidable que nous avions préparé contre Wilhelm; très-nombreux et résolus à tout, ils résistèrent avec acharnement. Alors une lutte horrible et meurtrière s'engagea. Lutte du mal contre le bien, du désordre contre l'ordre, de la raison contre le bon sens. D'un côté, c'était la minorité factieuse et puissamment armée qui, poussée par des sophistes dangereux ou des ambitieux avides de pou-

voir, se révoltait contre des principes établis;
de l'autre, c'était la majorité qui, forte de
ses droits et inébranlable dans ses résolu-
tions, avait à cœur de faire triompher la
bonne cause.

Ainsi posée, la question ne pouvait se ré-
soudre que par les armes. La conciliation
était impossible. On ne négocie pas avec l'é-
meute; il faut la vaincre et l'étouffer.

Que demandaient les révoltés ? Ils demandaient la Commune, les franchises entières
de la pension et les réformes sociales; grands
mots qui couvraient de grandes infamies.

Ils se battaient pour la Commune, ils
n'en comprenaient point la signification ;
ils confondaient avec le communisme. On
les appela les *communeux.*

Ils se battaient pour obtenir les droits et
franchises de la pension, et jamais nous ne
fûmes si malheureux et si opprimés que
par ce temps de prétendue liberté.

Ils se battaient pour le socialisme, et, par-là, ils entendaient la haine du capital et le droit de prendre dans la poche du voisin, de le piller impunément, et de le punir de mort s'il osait réclamer.

En un mot, c'était la guerre la plus cruelle de toutes ; la guerre de celui qui n'a pas contre celui qui a.

La pension était donc divisée en deux camps : ici, les fédérés ou les révoltés; là, les amis de l'ordre, les ruraux. Ceux-ci avaient pris pour moniteur provisoire un vétéran de philosophie très-fin et très-expérimenté, nommé Adolphe, celui-là même qui avait voulu empêcher la lutte contre Wilhelm. Placé entre l'emportement des uns, l'incapacité et les mesquines taquineries des autres, il eut beaucoup de peine à mener les choses à bonne fin. La lutte fut longue et sanglante, mais enfin la victoire resta de son côté.

Quels tristes jours pour la pension! Il fallait se battre, et Wilhelm était là qui riait de nos discordes et de nos luttes fratricides; et son bras levé nous menaçait encore. Il fallait se battre, et le printemps était radieux et tout dans la nature semblait nous sourire. Qu'était devenu le temps où madame Lutèce allait folâtrer sur l'herbe, où nous allions tous courir avec elle dans les bois de Meudon, de Clamart et de Saint-Cloud! Hélas! le sang coulait à flots! et maintenant la mort fatale promenait sa faux dans ces vertes prairies où jadis la vie était si joyeuse.

Oh! maudits soient-ils à jamais les auteurs de cette révolte inique! Maudits soient-ils à jamais ceux qui provoquèrent ce combat acharné, sans trève ni merci, qui semblait n'avoir pas de fin et qui mit madame Lutèce à deux doigts de sa perte.

Les péripéties et les intermittences de la

lutte plongèrent cette infortunée dans un état d'aliénation mentale qui inspirait des craintes sérieuses même à ses plus fidèles adeptes. Les nouveaux docteurs de l'Ecole de médecine qui, selon un professeur de mérite, auraient fait d'habiles garçons d'amphithéâtre, furent appelés en consultation, et, fiers de prouver devant les élèves valaques leur force relative de non-agrégés, ils expliquèrent par des causes physiologiques ce nouveau cas de folie rouge.

Madame Lutèce avait en effet supporté de longues privations. Son moral était gravement atteint. Enfermée pendant cinq mois dans un cercle de fer, elle ne respirait plus. Wilhelm avait pesé sur elle comme un cauchemar affreux. Dressée et préparée au combat, il lui fallait du sang. La crise était inévitable.

En outre, la nourriture malsaine du siége avait grandement contribué au dérangement de son système cérébral. Elle avait mangé du chien, et l'on assure que l'un des deux molosses qu'on avait abattus était enragé. Comme elle, nous avions tous du chien dans le ventre, et le pensionnat qui avait vécu de la même nourriture était en proie, à peu de chose près, à la même folie et aux mêmes accès de rage.

D'ailleurs il en est d'une pension comme d'un champ; si on le laisse sans culture, les mauvaises herbes poussent en grande quantité et étouffent le bon grain. C'est ce qui arriva.

Tous les mauvais élèves, les plus mal notés et les plus mal famés; les fruits secs de toutes les catégories, qui n'avaient jamais réussi dans leurs compositions; ceux qui avaient mérité le plus de punitions sous la direction de Louis; les échappés du cachot ou du séquestre furent alors en grand honneur. Avec eux, tous les déclassés, les déshérités du sort, les incompris, les ambitieux déçus ou précoces, les bohêmes à bout de ressources, se précipitèrent au pas de course vers le pouvoir; ils en brisèrent les portes, se firent place au grand jour par la force et arrivèrent par la violence; mais enfin ils arrivèrent. Ils portaient des galons sur toutes les coutures, ceignaient des écharpes d'une longueur démesurée et paradaient en public avec les insignes d'un pouvoir qu'ils avaient indignement usurpé.

On aurait dit des suisses de grande maison, ou plutôt de véritables singes empanachés. Malheureusement, la plupart de ces singes ou de ces suisses étaient fous, mais fous à lier.

Ils n'avaient pas précisément pâli sur les livres de droit et de jurisprudence, ils ne connaissaient guère du Code que ce qu'il fallait pour éviter la correctionnelle ou la cour d'assises, mais qu'importait la science à ces nouveaux venus. N'étaient-ils pas des *communeux ?* Ce titre seul suffisait. Ils se nommèrent tous grands justiciers, comptables, délégués dans toutes les directions de la pension; les charges de caissier et de payeur étaient principalement recherchées et on devine pourquoi. L'un d'eux, qui avait tué quelques mois auparavant un sergent de Louis, se fit un titre de gloire de ce méfait, et, à peine sorti du cachot où les hommes de loi, selon toute justice, l'avaient condamné, il fut placé à un brillant poste d'honneur.

C'est de l'ensemble de tous ces honorables *scolards* que se formèrent tous les fameux comités. Comité central, comité fédéral, et le terrible comité de salut public qui avait droit de vie et de mort sur tous les pensionnaires.

Ainsi dans un siècle de progrès, nous éprouvâmes un mouvement subit de recul;

nous fûmes tout à coup ramenés en pleine terreur.

Par un de ces procédés employés à l'Ambigu-Comique, la pension fit alors l'exhibition scénique d'un simili-93, qui ne manquait.pas de couleur locale; mais le pastiche dépassa l'original; il fut plus odieux. Les journaux des temps passés reparurent avec les mêmes titres et dans le même format. Le *Père Duchêne* écumait de colère ou faisait ripaille, dans un style cher aux voyous ; l'*Ami du peuple* criait à la trahison, la *Montagne* demandait du sang, la *Commune* dictait ses lois rigides ; l'*Officiel* seul montrait l'oreille et trahissait une origine plus barbare; son style déguenillé et son orthographe inculte prouvaient qu'il n'y avait plus rien de commun entre lui et la grammaire française. Ces journaux ne pouvaient vivre qu'à la condition de tromper et de mentir sans cesse. Jamais le mensonge n'exploita autant l'abrutissement du public et ne remplit si bien la poche des écrivains. Les journaux ennemis, c'est-à-dire honnêtes, furent supprimés; les rédacteurs et les imprimeurs mis au cachot et menacés de mort. Tout cela se passait au nom de la liberté.

Dans la cour et dans les classes on ne s'abordait plus qu'au nom de citoyen; le citoyen professeur nous expliquait le citoyen Cicéron et nous faisait sur les *Catilinaires* des rapprochements historiques qui ne manquaient pas d'intérêt; mais les primaires n'y comprenaient rien. Dans les groupes on clabaudait contre les tyrans, les royalistes, les gendarmes et les capitalistes; on se donnait un air farouche, et on rêvait de fusillade en prêchant la fraternité universelle.

Les frères et amis, les purs prenaient des poses à la Brutus; tous les membres des comités jouaient au Saint-Just ou au Marat. Ils se prenaient au sérieux et se croyaient des Danton et des Robespierre parce qu'ils en avaient la culotte ou le gilet. Les ombres des grands conventionnels et des terribles terroristes devaient bien rire jaune de l'autre côté du Styx en se voyant ainsi joués par leurs petits-neveux. Ce grotesque travestissement aurait bien amusé quelque peu la galerie des vivants et les plus malins ne pouvaient s'empêcher de rire ; mais malheureusement il y avait de larges taches de sang au fond de ce ridicule appareil. La guillotine ne fonctionnait plus, c'est vrai, et manquait au tableau ; les *communeux* avaient brûlé les bois de la justice, mais ils les avaient remplacés par la fusillade au chassepot : 12 hommes et un mur ! — L'humanité avait fait des progrès.

Mais avec tout cela madame Lutèce ne faisait pas de bonnes affaires. Les élèves riches étaient partis, la pension était réduite à peu près de moitié, et les parents, n'ayant pas confiance aux nouveaux gérants de la maison, ne payaient plus les trimestres échus. Or, une pension est comme un Etat, et là où tout le monde consomme et où personne ne produit, il ne peut y avoir que la misère. La caisse était vide, et madame ne voulait pas se gêner ; elle vivait comme autrefois et l'argent était indispensable pour subvenir à ses folles dépenses. D'ailleurs le poupon rouge grandissait à vue d'œil, et il fallait payer ses mois de nourrice.

D'abord elle mit au Mont-de-Piété tous ses bijoux, son mobilier et peu à peu ses différents objets de toilette, ce qui lui rapporta une assez bonne somme. Une dame de ses amies intimes, avec qui elle avait fait des fredaines, la citoyenne *Internationale*, vint à son secours et lui prêta quelque argent. On dit même que, poussée par la nécessité, notre dame, jadis si fière, n'eut pas honte de tendre la main à son vainqueur et de recevoir en secret l'obole que Wilhelm lui faisait passer par des moyens détournés. C'était l'obole de la trahison et de l'infamie. Car Wilhelm se réjouissait des désordres de madame Lutèce ; il les entretenait de son mieux, et ces luttes et ces divisions intestines qui affaiblissaient et ruinaient notre pension faisaient cent fois mieux ses affaires que les fameux canons Krupp.

Mais quand ces premières ressources furent épuisées, madame Lutècè en vint à des expédients plus graves : elle rançonna, pilla et dévalisa sans pudeur ses propres pensionnaires. Ses sbires ou défenseurs n'étaient pas de ces gens qui se laissent arrêter par les scrupules de la conscience. Ils n'avaient pas à un haut degré l'idée du juste et de l'injuste, et l'honnêteté n'était pas au nombre des trois mots qui forment leur devise républicaine. Elle développa et exploita à son profit tous leurs mauvais instincts. Conseillés par elle, ils rayèrent le *tien* et le *mien* de toutes les grammaires et de tous les dictionnaires; les traités de morale furent supprimés et le Code aboli. Et pour donner à leurs exactions et à leurs actes de brigandage une apparence de légalité ou de couleur politique, ils créèrent trois ou quatre lois : la loi des suspects, des absents, des réfractaires, et enfin la loi sur les otages. Ces lois eurent pour résultat de faire le vide dans la pension avec toute la précision d'une machine pneumatique.

Quiconque n'est pas avec nous est contre nous, avaient dit les élèves du Comité. Dès lors était suspect quiconque ne pensait pas, ne parlait pas, n'écrivait pas, ne marchait pas ou ne toussait pas comme eux. Suspect celui qui avait un chapeau de telle forme, suspect celui qui avait un mouchoir de telle couleur, suspect celui qui n'avait pas des chaussures Godillot. Comme tel, il était arrêté et conduit au cachot. Là, on vidait ses poches et son porte-monnaie, puis il était gardé à vue et servait d'otage. Il en fut de même des réfractaires ; et au dernier moment, ils furent mis à mort. Les absents payèrent de leur bien ; leurs effets furent confisqués, leurs armoires et pupitres pillés et brûlés.

L'arrestation était la manie du jour. A la fin, les membres du Comité et de la Commune s'arrêtèrent entre eux, et un jour vint où, ne sachant trop à qui s'en prendre, ils s'arrêtaient eux-mêmes et se constituaient prisonniers sur leur propre parole.

L'aumônier fut l'une des premières et des plus tristes victimes de ces brigands ; il représentait la morale et la religion, c'était là son tort. Il avait blâmé les excès de madame Lutèce et avait refusé de tremper dans ses infamies, c'était là son crime ; ils le gardèrent longtemps comme otage, mais quand ils se virent perdus, les assassins le tuèrent, et avec lui bien d'autres non moins dignes de l'estime et de la vénération publiques.

La chapelle fut livrée au pillage et transformée en salle de club. La religion n'était plus ; le chef de la bande, Delescluze, était dieu.

Grâce à toutes ces captures, à ces exploitations, et à ce vol organisé, madame Lutèce vivait, mais elle vivait au jour le jour. Les couverts d'argent, les timbales des absents, les sous pris dans les porte-monnaie des détenus, les ornements et les vases sacrés de la chapelle ne lui suffisaient pas ; son gousset était toujours vide.

Au milieu d'une cour, il y avait une grande colonne en bronze qui rappelait les temps héroïques de la pension. L'oncle de Louis l'avait fait construire avec les canons que les élèves de notre pension avaient pris jadis à la pension de Wilhelm. Madame Lutèce fit abattre cette colonne et la vendit au poids. Wilhelm était content. Nos jours de gloire étaient bien passés.

— Eh bien! maître, que vous avais-je annoncé? dit alors Méphisto, qui, en voyant toutes ces horreurs, ne pouvait plus dissimuler sa joie.

— Décidément, tu seras un homme, répondit Wilhelm, et l'histoire parlera de toi.

Madame Lutèce faisait feu de tout bois. Une fois sur cette pente, elle courait à la ruine et à la destruction de la pension.

Quelques élèves eurent encore le courage de réclamer (1), mais ce fut en vain; la terreur était à son comble ; nul n'osait bouger.

On s'étonne, en effet, que les écoliers hon-

____

(1) Voir à la fin de cette brochure une pièce de vers adressée au *Vengeur*, le jour même où la colonne fut renversée.

nêtes et sincèrement dévoués à la pension aient laissé commettre tant de brigandages, et l'on est même surpris qu'ils aient pu supporter le joug avilissant de ces farouches oppresseurs.

Mais la nature humaine est ainsi faite; on apporte beaucoup moins d'ardeur à faire le bien qu'à commettre le mal; pour l'un, on agit avec indifférence, pour l'autre, avec passion, et la passion l'emporte.

Nos galonnés et décorés de septembre, où étaient-ils? Au moment de la crise, ces chefs, jadis si fiers de commander, avaient tous disparu. On ne les vit reparaître que le jour de la délivrance, à la tête des ruraux victorieux, avec le brassard tricolore et l'air triomphant. C'était le retour de Coblentz. On les appela les corbeaux de la victoire.

Dépourvus de toute influence et sans autorité sur leurs camarades, quand l'heure du danger approcha, au lieu de se grouper et

de lutter sous un même drapeau, ils batti-
rent prudemment en retraite, et leurs adver-
saires, trouvant la place vide et le pouvoir
inoccupé, s'en emparèrent aussitôt; ceux-ci
furent les maîtres absolus de la situation, et
les mauvais sujets devinrent ainsi d'affreux
tyrans.

Cette désertion prouva que cette garde de
la pension, réorganisée en 1830, n'était qu'un
objet de vanité, qui, à un moment donné,
pouvait être la cause des plus graves désordres et des plus grands malheurs.

Il y avait alors une classe très-nombreuse
qui représentait la majorité de l'opinion et
qui depuis longtemps cherchait à se tenir à
la tête de la pension. C'était la classe de la
bourgeoisie. Elle faiblissait beaucoup en ces
derniers temps; elle était minée par deux
maladies cruelles : l'oligandrie et l'acalmie,
maladies des Bas-Empires.

Égoïste et ne pensant qu'à ses intérêts ou

à jouir de sa fortune, cette classe d'amateurs
se laissait mener facilement; heureuse de
faire de l'opposition à tous les moniteurs, de
les fronder et d'encourager les frondeurs.
Mais en ce temps de malheur, il fallait de
l'action et de l'énergie; et pas un élève bien
trempé ne sortit de ses rangs.

En 48, un jour d'émeute, un élève, qui
avait eu le premier prix de poésie, s'était
présenté seul devant l'insurrection et l'avait
vaincue.. A sa voix, le drapeau rouge dis-
parut :

Il avait dit :

C'est l'heure de combattre avec l'arme qui reste!
C'est l'heure de monter au rostre ensanglanté;
Et de défendre au moins de la voix et du geste
    Rome, les dieux, la liberté.

Nos bourgeois ne l'entendaient pas ainsi.
Au fond du cœur, ils n'avaient pas assez la
haine du mal et l'amour du devoir. Ils par-

lèrent d'abord de conciliation ; c'était transiger avec la conscience ; ils furent dupes de leur faiblesse ; quand ils se virent joués, ils eurent peur et prirent la fuite ; et ne voulant rien risquer, ils s'estimèrent heureux de conserver leur vie s'ils ne pouvaient sauver leur honneur et leur bien.

Dès lors, la bourgeoisie avait abdiqué : elle avait signé elle-même son acte de déchéance.

Cependant tous les bons ne partirent pas ; quelques élèves, amis de l'ordre, restèrent ; leur présence seule était une protestation. Sans armes et sans appui au milieu d'une bande de forcenés, ils ne pouvaient se défendre que par la parole ou par les journaux ; ils le firent avec courage ; notamment H. Vrignault et Ed. Hervé. Ces deux bons élèves firent vaillamment leur devoir et luttèrent jusqu'au dernier moment contre la Commune et le Comité.

Mais plus nous approchions du dénoue-
ment, plus nos malheurs grandissaient. Les
actes de brigandage étaient de jour en jour
plus fréquents, et l'on disait que madame
Lutèce allait finir comme Rome avait commencé : par être un repaire de brigands.
Hélas ! comme Rome aussi, à sa dernière
heure, elle eut ses Vandales qui la livrèrent
au pillage et á l'incendie !

Le cachot regorgeait de monde ; tout ce
qu'il y avait d'honnête dans la pension
allait y passer, et madame Lutèce aurait
mieux fait de déclarer dès le commen-
cement qu'elle allait transformer sa maison
en une vaste prison ; il n'y aurait pas eu
de méprise. Les bons élèves qui n'étaient
pas arrêtés étaient toujours sur le point
de l'être ; pour échapper aux poursuites et
aux perquisitions incessantes, ils étaient
obligés de se tenir coi, et de se cacher
tantôt à la cave, tantôt au grenier. Dès qu'on

faisait un pas à droite ou à gauche, on était épié ; il fallait toujours avoir une carte sur soi, et l'on ne pouvait même aller aux W-C sans montrer un passeport signé de toutes les puissances de la Commune.

Nous avions subi toutes les iniquités et toutes les vexations ; la mesure était comble et nous nous attendions à mourir, quand l'heure sainte de la délivrance se fit entendre à nos portes.

Les défenseurs de l'ordre, qu'on disait toujours battus, s'étaient réunis en grand nombre à un endroit nommé Versailles ; c'est pour cela que les communeux les appelaient par dérision les *Versailleux,* comme auparavant ils leur avaient donné le nom de ruraux. Ceux-ci, forts de leur cause et emportés par une juste indignation, se précipitèrent, un jour de colère, sur la pension, et y entrèrent par la porte de la Victoire, ce que le gros Wilhelm n'avait jamais pu faire.

Aussitôt ils se ruèrent sur nos oppresseurs, les bandits communeux, et les exterminè-rent tous ; ils n'en firent qu'une bouchée.

La pension ce jour-là avait un aspect lu-gubre et sinistre. La grosse cloche sonnait à chaque heure le signal d'alarme et appe-lait les élèves au combat. Se voyant vaincu et sachant le sort qui lui était réservé, le petit monstre rouge prit en secret du pétrole dans les caves de sa mère, et, une torche à la main, il mit le feu à la maison ; il ne vou-lait pas mourir seul ; toute la pension brû-lait ; on se battait dans la cour à la lueur des flammes ; et pendant la bataille l'incendie dévorait nos chefs-d'œuvre, nos plus belles façades, la Bibliothèque et nos plus grands monuments. Sur la porte d'entrée, il y avait cette devise : *Fluctuat nec mergitur* ; les co-lonnes qui supportaient le fronton s'écrou-lèrent ; il ne resta que ce mot : *mergitur.*

Tout à coup une explosion terrible eut lieu; puis il se fit un silence de mort. Tout était fini, nous étions délivrés.

Le châtiment et l'expiation commençaient pour les coupables. Le glaive de la justice se leva sur eux implacable et terrible. Le brave Mac, le plus courageux des élèves, entra furieux dans la grande salle; en un clin d'œil tout fut remis en ordre. Les émeutiers tremblaient maintenant de tous leurs membres; pour ne pas être reconnus, ils jetaient derrière eux leurs loques rouges; quelques-uns même se déguisèrent sous des habits de femme; mais ce fut en vain. Les plus forcenés et les chefs de bande, qui étaient presque tous étrangers, furent mis à mort séance tenante. Il fallait un exemple sévère; on l'eut. Le menu fretin eut la vie sauve, mais il n'en fut pas moins envoyé à Cayenne, où les citoyens socialistes peuvent à l'aise fonder une école d'application d'un système qui n'a pu réussir chez nous.

Madame Lutèce sentait le cadavre; le monstre rouge était mort à ses côtés pendant cette lutte infernale. La mère était méconnaissable; tout son corps n'était qu'une plaie; on l'avait trouvée sanglante et moitié brûlée au milieu d'un tas de décombres où elle gisait depuis quarante-huit heures. On accourait de tous les côtés pour voir cette femme, il y a dix mois, la plus belle du monde, et maintenant meurtrie, mutilée et entièrement défigurée. C'est dans cet horrible état qu'on la remit entre les mains de M. Adolphe. Ce bon élève, seul digne de représenter la maison en ce moment, ne put s'empêcher de fondre en larmes en voyant ainsi madame Lutèce. Seul épris d'une véritable affection pour elle, il pouvait la sauver. Le cœur de la moribonde battait à peine, mais il battait. Tant qu'il y a vie, il y a espoir, dit-il, et il se mit résolûment à l'œuvre.

Plaise à Dieu qu'il puisse la guérir de cette maladie chronique qui, tous les vingt ans, s'empare de madame Lutèce !

SAUVINET-DELABROUE.

AUX CITOYENS

Démolisseurs de la colonne Vendôme,
Destructeurs de Paris.

———◆———

Ainsi donc la fureur, la folie et la rage
Nous laissent tous les jours un nouveau témoignage
    De vos sottes iniquités;
Politiques bandits, eunuques en délire,
Ne pouvant rien créer, vous voulez tout détruire:
    Nos monuments, nos libertés.

La Colonne écrasait de sa taille superbe
Vos médiocrités; nains qui rampez sous l'herbe,
    Tant de grandeur vous éblouit!
Vous qui violez nos droits, rasez nos domiciles,
Vils faiseurs de complots et de guerres civiles,
    Le crime seul vous réjouit.

Il sut du moins, Celui dont vous souillez l'histoire,
Donner à son pays une immortelle gloire!
    Et vous, avec tous vos décrets,   [quêtes?
Qu'avez-vous fait de grand? Quelles sont vos con-
Vos bulletins trompeurs nous cachent vos défaites,
    Vos victoires sont des échecs.

Les vétérans bronzés de notre grande armée
Avaient porté, vainqueurs, dans l'Europe alarmée
    Nos tricolores étendards,
Et vous, qu'avez-vous fait avec le drapeau rouge?
Jusqu'où le traînez-vous? de Pantin à Montrouge.
    Votre cause expire aux remparts.

Quand vous parlez de droits, franchises communales,
Libertés de Paris, chartes municipales,
    Vous mentez avec de grands mots.
Vous pillez nos trésors, vous remplissez vos poches:
Et malheur à celui qui rit de vos débauches:
    Vos sbires ont des chassepots.

Ce que les Prussiens n'ont jamais osé faire:
Brûler, livrer Paris au poignard du sicaire,
    Nos grands patriotes l'ont fait.
Une chose pesait à l'empereur Guillaume:
Nos canons d'Iéna, la colonne Vendôme;
    Que l'empereur soit satisfait!

De combien de deniers jetés dans vos sébiles
Bismarck a-t-il payé nos discordes civiles?

Dites, Delescluze et Pyat?...
O bandits! si c'est là votre socialisme,
La France vous doit bien un billet de civisme
    Portant la marque du forçat.

Le vol n'emplit donc pas assez votre escarcelle?
Il vous faut vendre au poids la Colonne immortelle!
    Qu'en pensez-vous, peintre Courbet,
Croyez-vous qu'en brisant un monument de gloire,
Vous puissiez supprimer vingt ans de notre histoire?
    Vous pensez comme Loriquet.

Allez, démolisseurs! faites votre besogne;
Apportez vos marteaux; que tout citoyen cogne!
    Bismarck ne sera plus jaloux.
Renversez le géant; nains, jetez-le par terre,
Sur un lit de fumier, faites-lui sa litière.
    Le fumier abonde chez vous.

Allez, mais hâtez-vous! L'heure de la justice
Aux remparts a sonné. Citoyens, du supplice
    Entendez-vous tinter le glas?
Pour le géant vaincu le ciel fit Sainte-Hélène;
Pour vous il inventa le bagne de Cayenne
    Et la mort des vils scélérats!

                S. DE L...

Paris. — Imprimé par Charles Noblet, rue Soufflet, 18.

www.ingramcontent.com/pod-product-compliance
Ingram Content Group UK Ltd.
Pitfield, Milton Keynes, MK11 3LW, UK
UKHW031807170726
13836UKWH00003B/1235